# 10 historias de piratas

# 10 historias de piratas

**pirueta**
www.piruetaeditorial.com

# Índice

CLOBULLE                    ILUSTRACIONES DE LUCILE PLACIN

# La bella Adela y los azotes de los mares

Hace un montón de tiempo, dos piratas de la peor calaña sembraban el terror por los océanos. Eran tan terribles como aterradores. El primero se llamaba **Mal Ojo**. y un sinistro parche cubría el hueco del ojo que había perdido durante un combate por los mares del Sur. Pese a este contratiempo, Mal Ojo tenía una vista penetrante. El segundo era conocido como **Garfio de Plata**.
Un garfio plateado sustituía el brazo herido en una encendida trifulca en una taberna. Garfio de Plata iba cubierto de joyas. ¡Ver oro le volvía loco!

Ayudados por una tripulación de obedientes bribones, Mal Ojo y Garfio de Plata capturaban todos los navíos que sufrían la desgracia de cruzarse en su camino. ¡Saqueaban y masacraban! A sus prisioneros, les cortaban las orejas, les rebanaban la nariz y los transformaban en carne picada. Solo tenían una debilidad: ¡un gusto desmedido por el ron y la borrachera!

Nadie osaba hacerse a la mar. Los soberanos de los mares del Sur se reunieron en consejo y ofrecieron una recompensa a quien lograra capturar a los bandidos.

Solo se presentaron dos personas: el **conde de Chuleta**, que era un vanidoso, y **Adela**, una muchacha la mar de bonita.
El conde de Chuleta estaba seguro de que iba a hacer papilla a los bribones. Y, además, se negaba a toda costa a que una chica le robara el protagonismo.
Así pues, se marchó el primero.

8

Se puso
al servicio de los piratas
para capturarlos en su propio
barco. Pero como jamás había
puesto los pies en una embarcación,
se mareó como una sopa.
¡Y cada vez que había una
ola, tenía una vomitona!
Pasaba los días postrado en la
cubierta llamando a su mamá.

Garfio de Plata no estaba dispuesto a tolerar debilidades. Lo agarró por la oreja de un garfetazo y bramó:

—¡Marinero de agua dulce, pregunta a los tiburones si han visto a tu mamá!

Y hop, Garfio de Plata lanzó al infeliz conde al mar. Y nadie supo qué fue de él.

Le había llegado el turno a Adela. Los monarcas de los mares del Sur intentaron retenerla. ¡De nada sirvió! Una negra noche, se embarcó en el buque *El Gallardo* acompañada de su fiel Papagayo.

Todo parecía tranquilo. Maniobró la nave para atrapar a los piratas. Una borrasca barrió las nubes. La luna iluminó el mar. Mal Ojo, que además de tener una vista penetrante tenía un sueño ligero, se despertó. **Dio la voz de alerta.** La tripulación disparó de inmediato una violenta andanada de cañonazos que redujo el galeón de Adela a una balsa.

Agarrada a su embarcación, Adela se puso a llorar. Papagayo le susurró a la oreja un extraño conjuro:

### «¡Papagayo, Papagayo!».

En la lengua de los loros esto significa: ¡Que no cunda el pánico! Adela se secó las lágrimas. Remó día tras día. Hasta que una mañana, tocó tierra...

Los reyes de los mares del Sur acudieron a socorrerla.
Apenas se puso en pie, Adela declaró:

Mañana me haré a la mar y enseñaré a esos piratas con quién se las están viendo.

Se despidió de los monarcas de los mares del Sur y embarcó
con Papagayo en su goleta, *La Gallineta*.
Había tomado la precaución de esconderse bajo la saya un
cuchillo. Dirigió la embarcación a pocas brazas de la de los
piratas y recorrió a zancadas la cubierta, engalanada de
imponentes joyas.

De repente, Mal Ojo gritó:
«¡Al abordaje!»
La tripulación invadió el puente de *La Gallineta*. Garfio de Plata ató a Adela y se apoderó de las joyas. Los piratas se precipitaron a la cala del barco en busca de un tesoro. Pero ¡no hallaron ni un escudo ni un doblón!
Encolerizados, soltaron unos juramentos.

Papagayo, apostado en la entrada
de una habitación secreta, gritaba:

«¡Papagayo, Papagayo!».

Ya iba a torcerle el pescuezo Garfio de
Plata, cuando descubrió el más maravilloso
de los tesoros, centenares de **toneles
de ron** que Adela había embarcado en
secreto.

Los piratas se abalanzaron sobre el ron y bebieron tanto y tanto que cayeron inconscientes a causa de la borrachera. Adela intentó soltarse, pero le resultaba imposible coger el cuchillo. Con un hábil picotazo, Papagayo la liberó. Los soberanos de los mares del Sur, que acudieron a socorrerla, la ayudaron a atar a los piratas.

Y metieron a esos bribones en la cárcel, donde, claro está, no había ni una gota de ron.

# Una muchacha la mar de bonita

Pero ¿quién es tan bonita muchacha?
¡Es Carolina, Diana,
Rosalinda o Viridiana?
No, su nombre es Adela
y navega en una goleta.
Nada detiene a la doncella,
a nada teme, nada la inquieta,
ni vendavales ni tormentas.
Los piratas no la intimidan y ante bribones no se acobarda,
Mal Ojo no la espanta, tampoco Garfio de Plata.
Ya sean corsarios, ya sean piratas,
a todos persigue y a todos atrapa.
Adela conoce mil trucos
para acabar con los chulos,
y en cuanto se entera de que hay uno,
¡lo mata de un susto!

# Sal por patas

Mal Ojo y Garfio de Plata
son truhanes, son piratas,
son horribles, asquerosos,
terroríficos y espantosos.
¡No te cruces en su camino,
en cuanto los veas, date el piro!
No te quedes ahí pasmado,
echa a correr, sal pitando.
Si de ellos no consigues huir,
tu vida tendrá un triste fin.
En rodajas te cortarán la nariz
y una hamburguesa harán de ti.
A los piratas da las espaldas,
y, corriendo, ¡sal por patas!

¿Qué les falta a los azotes de los mares?

¿A qué queda reducido el galeón de Adela?

20

¿Qué significa
el extraño conjuro
del lorito de Adela:

# Papagayo,
# papagayo?

En la cala se
esconde un
tesoro,

## ¿darás
## con él?

Respuestas:
• Significa: «Que no cunda
el pánico».
• Hay 6 botellas de ron.

21

# El cubreteteras de Adela

## Material

• fieltro: 2 retales de tamaño A4 en rojo y en rosa oscuro, retales en rosa claro, blanco, azul y negro • una cinta de fantasía
• un retal de tela estampada (pañuelo)
• rotuladores para tela • dos ojos móviles
• tijeras • cola para tela

**1** Copia sobre el fieltro rosa oscuro doblado en dos el patrón grande del cuerpo y recórtalo. Haz lo mismo con los demás elementos en sus colores respectivos. Las piezas que no son dobles son: los cabellos, el rosa de la cara, el pañuelo y la escarapela

**2** Haz con el trozo de papel un tubo del grosor de un lápiz. Pégalo con la cabellera, dejándolo entre el patrón de delante y el de detrás del cuerpo. ¡Cuidado, no pegues la parte inferior del vestido!

**3** Con el rotulador azul para tela, traza las rayas de la camiseta. Pega la falda, después la camiseta, el rosa de la cara y las manos.

**4** Añade el cinturón, el chaleco, el rojo de las mejillas, la boca, el pañuelo y la escarapela.

**5** Pega los ojos, la cinta de fantasía en la parte inferior de la falda y termina añadiendo los detalles con los rotuladores para telas.

JEAN-PIERRE KERLOC'H

# Malo el pipirata

ILUSTRACIONES DE PAULINE COMIS

Malo sólo tenía dos ideas en la mente:
**el mar y los barcos.**
Para él, un plátano se convertía en una góndola,
medio rábano con una cerilla era un bote de remos
y un papel plegado se transformaba
en un velero blanco que navegaba por el océano
de su bañera.

A Malo le encantaba sumergirse en las **historias**
**de piratas:** Capitán Garfio, Drake el Dragón
Barbanegra, Barbarroja, Barbadorada..

l día que sus padres le preguntaron
ué quería ser de mayor, sin dudarlo ni
n segundo respondió:

—¡Pirata!

—¿Pi... pirata? —balbucearon el padre y la madre
onfusos.
—Pues vale, seré **pipirata** —respondió Malo.
staba seguro de que eso de pipirata era algo así
omo supersuperpirata, megamegapirata,
equetepirata.

Pero ¿cómo hacer para parecer
un pirata?
A todos les faltaba algo:
un brazo, una pierna, un ojo...
O les sobraba algo:
la barba.

«Me dejaré crecer la barba», pensó.

Tuvo que esperar varios años a que le creciera la barba.

Pero a fuerza de esperar, la barba apareció.

—Ahora soy casi un pipirata —dijo satisfecho mientras se tocaba los primeros pelos de la barba.

Todavía le faltaba una cosa: un **barco**.
Entonces, día tras día, tablón tras tablón,
construyó uno en el desván. Y cuando lo concluyó
lo bautizó con el nombre de *El rabanito azul*.
Pero ¿alguna vez habéis visto un barco
bajar las escaleras?

Así que el muchacho con barba tuvo que
desmontar *El rabanito azul* y volver
a montarlo en el jardín.

—¡Seré pipirata!
¡Seré pipirata! —se repetía
para darse ánimos.
Y esta vez, como había armado
el barco sobre unas ruedecillas,
pudo empujarlo hasta el mar
ayudado por una pandilla
de amigos que nunca había
pensado en surcar las aguas.
¡Qué precioso estaba
*El rabanito azul*
flotando sobre las
blancas olas!

—¡Seré pipirata! ¡Tra lalá lalá!
Y vosotros, colegas, seréis mi tripulación.
Izaron las velas y la bandera negra
y levaron anclas.

De pie junto al timón, el capitán **Malo** se enfrentaba audazmente

al oleaje.

Pero poco después, con tanta mala mar y tanta ola...

El rostro encendido de alegría de Malo se puso primero blanco y luego verde.

La tripulación empeza
a lanzar gritos salvajes:
—¿Te encuentras mal Malo?
—Ma-lo-es-tá-ma-lo...
—¡Qué-ma-lo-es-tá-Ma-lo!

30

Malo estaba mareado. Viraron de bordo y volvieron a la costa.
Malo se tendió en la arena lamentándose.

—Buá, buáaa... No seré pirata... no seré pirata...

Pero pronto recuperó los ánimos.
Al día siguiente vendió el barco
y compró un helicóptero.

—¡Seré el pipirata del cielo!
—exclamó cuando
emprendió el vuelo.

Una tarde, desde lo alto del helicóptero, descubrió una pequeña isla desierta con una playa y unos árboles.

Regresó al día siguiente con clavos, cuerdas, tela, sierra, martillo, una cabra, gallinas y un montón de cosas más. Cortó unos árboles e hizo unos tablones con ellos, así **transformó la isla en un maravilloso barco**, con las velas, una bandera negra, animales en libertad, verduras, frutas y flores. Recogió algunas flores y se las plantó en la barba.

—Mi barco se llamará *Isla Pipirata*. Y yo seré
**Barbaflorida, el pipirata amable.**

Una mañana lo despertaron unos gritos.
En la playa, cerca de una balsa encallada,
una joven agitaba los brazos.
—¡Ah del barco, soy una naufragante!
—Ven conmigo, Naufragancia. Te daré leche
de mi cabra y huevos de mis gallinas.

La joven subió a bordo, bebió, comió y recuperó el color. Cada uno se contó su historia.

**El le ofreció una flor de su barba** y, como suele pasar en los cuentos bonitos, se casaron y tuvieron muchos hijos: algunos piratas y otros no. Más tarde, también algunos de ellos tuvieron hijos piratas y otros, hijos no piratas. Y todos esos niños conocían y contaban por mar y por tierra la historia de Naufragancia y su supersuperpipirata. Y esta es la razón de que también yo os la pueda contar.

# Yo tengo un pipirata

Pues yo tengo una pipirata
que por las olas del mar cabalga.
¿Y tú, qué tienes?
Yo tengo una pipiruleta,
que es de chocolate, nata y fresa.

Yo tengo un superpergamino
que del tesoro muestra el camino.
¿Y tú qué tienes?
Yo tengo un superperiquito
que no hace más que dar gritos.

Yo tengo una megagalera
con sus remos y sus velas.
¿Y tú que tienes?
Yo tengo un megagarrafón
donde me cabe todo el ron.

Yo tengo una pandilla
que es requetepilla.
¿Y tú qué tienes?
Yo tengo un amigo
que es requetedivertido.

# ¡Ah del barco!

¡Ah del barco!
¡Abrid paso!
¿Hacia dónde partes
surcando el verde oleaje?
Zarpo rumbo a Cefalú
o tal vez a los mares del Sur.

¡Ah del barco!
¡Abrid paso!
¿Con qué sueñas
cuando por el azul del mar navegas?
Sueño con la hermosa sonrisa
de mi amada Carolina.

¡Ah del barco!
¡Abrid paso!
¿En busca de qué vas
por este nocturno mar?
Me encanta la luna,
y he salido en su busca.

A causa de la tempestad, se han mezclado los nombres de estos animales en el mar. **¿Los ordenas?**

sarba

tiballa

caburón

badina

gamllena

**¿Cuál es el intruso?**

# ¿Verdadero o falso?

Los piratas eran bandidos.

Drake el Dragón existió.

Los tiburones a veces son azules.

**Se** puede beber la leche de cabra.

## Ordena estas imágenes

a

b

c

d

# La barba florida de Malo

## Material

- una media o un leotardo rosa o blanco
- un trozo de tela roja (de unos 12 x 25 cm)
- tierra vegetal • semillas (lentejas o similares)
- pintura acrílica • tijeras • imperdible
- cuenco

**1** Mezcla un puñado grande de tierra vegetal con unas cuantas semillas en un cuenco.

**2** Corta un trozo de la media (justo por encima del pie).

**3** Rellena ese trozo con la mezcla y complétalo con la tierra vegetal. Haz un nudo para cerrar el saquito.

**4** Pinta los rasgos de la cara con pintura acrílica (cuidado, no disuelvas la pintura en agua, pues se correrá por los puntos de la media).

**5** Cubre la parte superior de la cara con la tela roja, que sujetarás con el imperdible por la parte de atrás. Con la punta de las tijeras, haz unos agujeros para dejar salir los brotes.

**6** Riega de forma periódica tu pirata (tiene que estar húmedo pero no demasiado). Al cabo de una semana más o menos verás aparecer los primeros brotes.

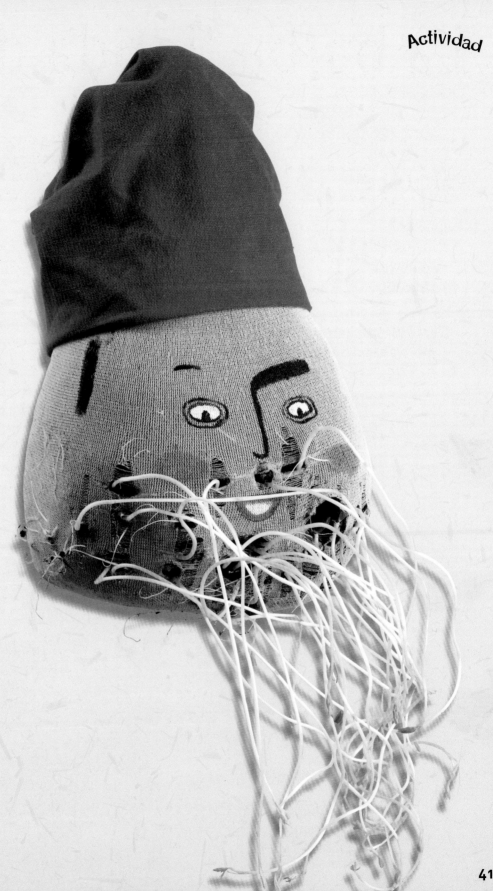

CLAUDE CLÉMENT

ILUSTRACIONES DE CLAIRE DEGANS

# Los pájaros de Pepícolo

En un recodo de la calle se alza
una casita puntiaguda.
El interior está lleno a rebosar
de sables, pistolas, alfombras, tostadoras,
cepillos de dientes, cojines, pulseras, llaveros,
sacacorchos y calzones bordados. Pertenece a un
viejo corsario retirado de sus labores que lleva
un **sombrero divertido**
y se llama **Pepícolo**. Tiene dos loros muy
avispados que son sus mejores amigos.

El primero, negro y amarillo,
le cuenta historias.
El segundo, violeta y amarillo,
es un gran cocinero.

Un día llega al lugar un joven marinero,
tan listo como pillo, que desearía
quedarse con todo cuanto el corsario
ha reunido en estos años.
Llama a la puerta y le presenta
un pájaro que sabe disparar
con revólver, cantar *La vieja está
en la cueva* tanto del derecho
como del revés, tocar la guitarra
mientras fuma un habano,
bailar sobre una sola pata
y saltar como un acróbata.

—¡Es cantidad de listo este estornino!
—anuncia el ladino marino—. Pero también es muy
caro. No os lo daré a no ser que me entreguéis los
sables, las pistolas, las alfombras, las tostadoras,
los cepillos de dientes, los cojines, las pulseras,
los llaveros, los sacacorchos y los calzones
bordados... y uno de vuestros dos loritos.

A Pepícolo no le importa
renunciar a toda la fortuna
que ha amasado,
pero sí a sus dos amigos.
Sin embargo... desea tanto
ese nuevo pájaro que
susurra con un suspiro:

—Tengo el estómago algo flojo...

Os daré el loro cocinero.

Al oír tales palabras, el loro contador de historias
esconde a su compañero debajo del piano.

Cuando regresa el joven
marinero, Pepícolo no encuentra
al cocinero.
El marinero, furioso, dice con un
tono enfadado:
—Vuelvo en un segundo.
¿Que no hay loro?
¡Pues del estornino ni el pico!
Menudo pirata de poca monta...

Pepícolo refunfuña entonces y se queja:
—¡Ya me sé sus cuentos de memoria!
Os daré mi loro contador de historias.
Al escuchar que tales eran
sus planes,
el lorito corrió a
ocultarse en el fondo
de un armario.

47

Cuando vuelve el joven marinero, Pepícolo no tiene
otra cosa que ofrecerle que su fantástico sombrero de corsario.
Al final tan presumido como listo, el marinero prefirió
el sombrero a cualquier otro pájaro.

Sin embargo, en la casita puntiaguda del
recodo de la calle, el viejo pirata está
tan triste por haber traicionado a sus
amigos que el estornino propone celebrar
un concurso de tiro con revólver.
Hace cien agujeros en el parqué
y en la pata de palo del corsario.

49

Para apaciguar la cólera de Pepícolo
el pájaro canta *La vieja está en la
cueva* tanto del derecho como del
revés a ritmo de rap y rascando la
guitarra. Pero el estornino canta
fatal.
Y a Pepícolo le da asco el olor de los
puros...

El pájaro se pone a bailar sobre una
sola pata. Saltando como un acróbata
se golpea en la cabeza y cae,
aturdido, sobre una vieja alfombra
que ha olvidado el joven y pillo
marino. ¡El puro encendido
prende fuego!
Pepícolo se convierte en bombero...

El corsario telefonea al marinero presumido:
—¡Por el capitán Garfio y mil botellas de ron!
Ven a buscar este pájaro raro
antes de que sea demasiado tarde.
Palabra de corsario:
como no encuentre a mis loros,
te daré tantas patadas en el trasero
con mi pata de palo agujereada que,
cada vez que te sientes,
te acodarás de mí...

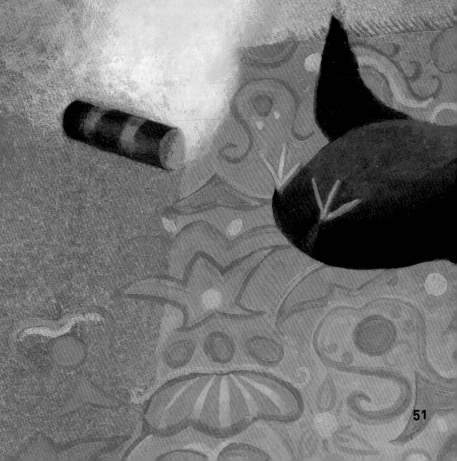

Al escuchar tales palabras, los dos amigos
salen de sus escondites con una sonrisa.

—¡Devuélveme primero
el sombrero
y **ten cuidado
con tus posaderas!**

Enfadado, el marinero, antes pillo y presumido, se ha ido.

Nadie sabe contra qué roca el viento lo ha empujado.

Se dice que el mar **se ha tragado** todo lo que con él llevaba.

Pepícolo, por su parte, ha renunciado de buen grado a los sables, las pistolas, las alfombras, las tostadoras, los cepillos de dientes, los cojines, los llaveros, los sacacorchos y los calzones bordados... Vive feliz en su casita puntiaguda, en un recodo de la calle, donde sus amigos de dos patas le cuentan historias de... ¡piratas!

# La casita puntiaguda

—Casita puntiaguda
en el recodo de la calle,
¿qué nos ocultas?

—Un viejo corsario con un sombrero,
dos loritos traviesos
y también un batiburrillo
que parece un revoltijo.

—Casita puntiaguda
en el recodo de la calle,
¿qué nos cuentas?

—Que un marinero presumido
se ha creído muy pillo.
Y que un corsario y dos loritos
al agua tirarlo han querido.

—Casita puntiaguda
en el recodo de la calle,
¿de qué estás tan segura?

—De que bajo mi puntiagudo techo,
el pirata sonríe contento,
cuando sus dos alados compañeros
las aventuras cuentan de filibusteros.

¿Ves las diferencias que hay entre estos divertidos sombreros?

En casa de Pepícolo hay un montón de objetos. Pero en la casita puntiaguda se han colado dos intrusos.

## ¿Los ves?

Respuestas:
- Son los objetos que están colgados.
- Los intrusos son la pelota y el gorro de marinero.

¿Sabes el nombre de estos pájaros?

a

b

c

d

e

A    B    C    D    E    F

1    2

¡Ayúdalos a cubrirse la cabeza!

3    4

5    6

Respuestas:
• a: loro; b: mirlo; c: pájaro carpintero; d: búho; y e: cigüeña.
• A1, B4, C5, D3, E6, F2.

57

# El juego de Pepícolo el memorioso

## Material

- una docena de envases de «petit suisse»
- fieltro marrón oscuro y marrón claro
- hoja de papel azul • una docena de flores de girasol de papel (material de *scrapbooking*)
- tijeras • cola • lápiz de color • compás
- rotulador

**2** Recorta en el fieltro marrón claro una tira de 1 x 15 cm para la cinta del sombrero y un rectángulo de 2,5 x 2 cm para el bolsillo. Redondea los bordes del bolsillo, añade los detalles recortándolos del otro fieltro. Encólalos todos en el sombrero.

**1** Recorta un círculo de 7 cm en el fieltro oscuro. Coloca la base del petit suisse encima, céntralo bien, traza el contorno en el fieltro y recórtalo. Encaja el pote en el fieltro, encólalo y recúbrelo totalmente de fieltro (cuenta unos 4,5 cm x 15 cm para el contorno y un círculo de 4,5 cm de diámetro para la parte superior del sombrero).

**3** Recorta 2 plumas en el papel azul y deslízalas en la banda del sombrero. Añade un girasol de papel (puedes hacerlo tú si no encuentras ya hechos).

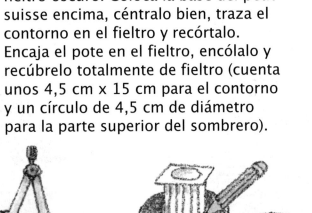

**4** Haz dos fotocopias de los objetos y el loro. Coloréalos con los lápices, recórtalos y pégalos en la parte inferior de los sombreros.

JULIETTE SAUMANDE

# Termas piratas

ILUSTRACIONES DE CRESCENCE BOUVAREL

¡Lavarse es **cosa de nenas!**
Tal era el lema de Bill Pringoso, el subjefe de los piratas Tierra a Tierra. Bill solo se sentía feliz cuando se metía en el barro, corría por las alcantarillas y apestaba por todas partes. Un día, su novia le dijo:
—Esta noche mi madre viene a cenar, haz el favor de lavarte.

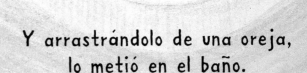

Y arrastrándolo de una oreja, lo metió en el baño.

Encaramado al borde de la bañera, Bill Pringoso (con gafas de buzo, el gorro de la piscina y el albornoz) estaba tan enfurruñado que no se dio cuenta de que la bañera desbordaba. Tampoco vio que el nivel del agua subía, subía, que el bidé flotaba y que la puerta reventaba. Ni siquiera se dio cuenta de que **un maremoto** lo arrastraba por la escalera, a través del comedor rumbo a la mar salada.

—¡Por la cagarruta de un bisonte! —exclamó al fin Bill—.
¡Huele a jabón! ¡Toma!, ¿dónde se ha metido la casa?
¡Estaba en una bahía donde un grandioso navío ondeaba
una bandera negra!

—¡Ahó, zagal! —saludaba una voz desde el buque de tres
mástiles—. ¡Bienvenido a Termas Piratas!

Sube a bordo para que te quite la roña de
detrás de las orejas.

—¡Qué horror! —berreó Bill Pringoso—.
¿Y por qué no entre los dedos del pie?

62

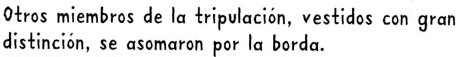

Otros miembros de la tripulación, vestidos con gran distinción, se asomaron por la borda.

—Cuatro duchas por el precio de tres —anunció uno.

—¡Bastoncillos de algodón! ¡Bastoncillos de algodón! —gritó otro—. ¡Para unos tímpanos de lujo!

—¡Es de espuma, mi baño! —se jactó un tercero—. Aguas usadas por dos piratas y no por veinte.

Bill Pringoso no daba crédito a lo que estaba viendo.

«Estos piratas de mar son auténticos alfeñiques —pensó—. **Si yo fuera su capitán...** ¡Por el pedorro de una ballena! ¿Y por qué no?»

Bill escaló al barco e hizo la limpieza a su manera: arrojó las bayetas y los guantes al mar, después el dentífrico, el jabón, el cepillo de piojos, el ambientador, todo **¡fiu!** Volcó las basuras por la cubierta, mezcló la sombra de ojos con la crema antiacné y llenó las pelucas de horquillas para el moño.

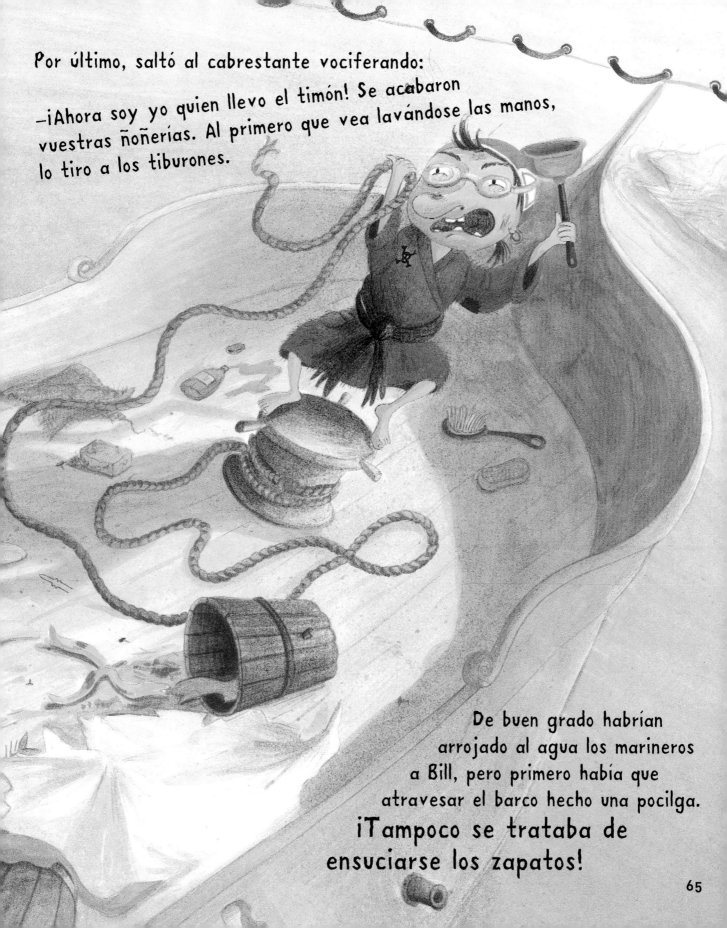

Por último, saltó al cabrestante vociferando:

—¡Ahora soy yo quien llevo el timón! Se acabaron vuestras ñoñerías. Al primero que vea lavándose las manos, lo tiro a los tiburones.

De buen grado habrían arrojado al agua los marineros a Bill, pero primero había que atravesar el barco hecho una pocilga. **¡Tampoco se trataba de ensuciarse los zapatos!**

Llegada la noche, cuando la tripulación estaba rendida y su indumentaria algo arrugada, mientras Bill Pringoso roncaba como un gorrino cebado, una gran nube gris escondió la luna. Un viento desenfrenado sopló sobre la laguna y una ola, alta como un cachalote, se abatió sobre el barco. Bill Pringoso se despertó remojado como un pato. —¡He dicho que **mueran las duchas!**

Pero la tempestad causaba estragos y lo arrastraba todo a su paso. Y en medio de la tormenta, Bill Pringoso oyó que alguien gritaba:
—La cubierta está limpia, ¡adelante! Librémonos de ese marrano. —Armados de pinzas de depilar y de hilo dental, los piratas querían vengarse. Se aproximaron gruñendo—: ¡A la plancha! ¡A la plancha!

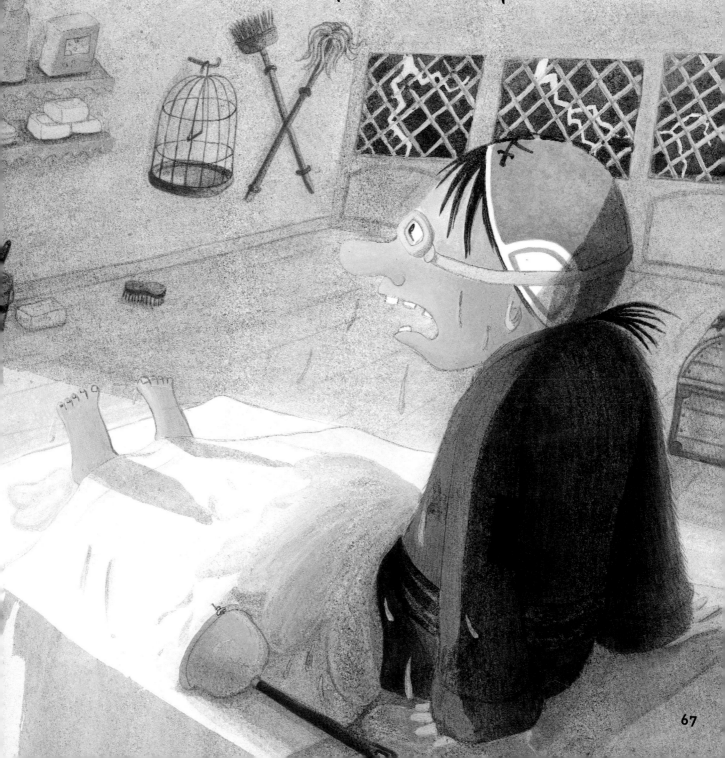

Bill Pringoso retrocedió hasta el extremo. Se dio media vuelta y
vio una especie de trampolín que colgaba por encima de las negras
aguas. No tenía otra elección. Subió por el trampolín, se ajustó el
gorro de baño y... ¡saltó!

Bill nadó sin echar la vista atrás
entre manoplas y trozos de jabón flotantes.
Así que una vez que hubo llegado a su casa,
**estaba asquerosamente limpio.**

—Pero ¡qué buena facha, estás hecho una monada!
—se sorprendió su novia al verlo—. Ven, para cenar
hay cocido de ratón con salsa de camaleón.

Y, claro está, Bill Pringoso comió **como un auténtico cerdo.**

# La semana del capitán

Dijo el lunes el capitán Pringoso:
¡Viva los pañuelos mugrientos!
Quien saque uno limpio, recibirá un escarmiento.

Dijo el martes el capitán Pringoso:
¡Manchad las velas! ¡Ensuciad la cubierta!
Quien no obedezca, se ganará una reprimenda.

Dijo el miércoles el capitán Pringoso:
¡Como os bañéis, panda de tarambanas,
os daré una buena somanta!

Dijo el jueves el capitán Pringoso:
Cuanto más guarro, más majo,
y el que no esté de acuerdo, ¡salta del barco!

Dijo el viernes el capitán Pringoso:
Las camisetas, como bayetas,
y a quien no le guste, le cortaré la cabeza.

Dijo el sábado el capitán Pringoso:
¡De calcetines limpios, ni hablar,
al que se mude, lo haré degollar!

Nada dijo el domingo el capitán Pringoso,
los marineros furiosos, jo jo jo,
se han librado de ese asqueroso.

¡A la bañera! Parece que Bill ha cogido unos objetos que no sirven para lavarse.

¿Cuáles?

¡Vaya! Qué bien huele el cocido de ratón con salsa de camaleón.

Ayuda a Bill a encontrar el camino de la cocina.

Respuestas:
• La linterna, el rastrillo, la tetera, el despertador, el pato y el patín de ruedas.
• Tiene que coger el camino b.

¿Te acuerdas de por qué tiene que lavarse Bill esta tarde?

Las sombras de Bill, su novia y los miembros de la tripulación están mezcladas.

¿Puedes devolver a cada uno la suya?

A

B

C

D

1

2

3

4

Respuestas:
• Porque la madre de su novia va a cenar con ellos.
• A2, B3, C4 y D1.

75

# El cepillo de dientes del pirata

ojos. Un disco blanco cortado en dos para los adornos del gorro, y otros circulitos del mismo color para los dientes y dos rollitos amarillos formando un aro para los pendientes.

**1** Haciendo rodar la masa entre las manos, haz una bola de color rosa y luego un rollo del mismo color.

**2** Haz una bolita más pequeña de color naranja claro y otro rollito con forma de judía con el color rojo. Aplástalas. Colócalas encima de la bola rosa como muestra el dibujo, presionando un poco con la palma de las manos.

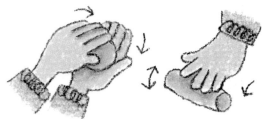

**3** Tuerce un poco el rollito de la nariz y pégalo a la cara. Añade los detalles con ayuda de rollitos finos para hacer las bandas del gorro, las gafas, las cejas y el pelo, y unas pastillas azules y blancas con un circulito negro para los

**4** Haz un rollo grande naranja oscuro alrededor del lápiz. Pon en el extremo de este la cabeza del personaje y añade un rollito para el cuello del albornoz. Con la punta de la aguja haz unas pequeñas marcas que imiten el tejido de la toalla.

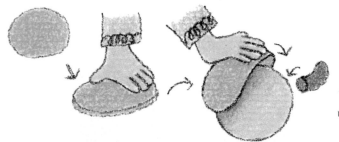

**5** Pon a cocer el personaje en el horno siguiendo las instrucciones de la masa para modelar. Una vez seco y frío, separa con cuidado el personaje del lápiz y colócalo en el extremo del cepillo de dientes.

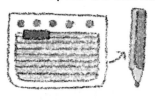

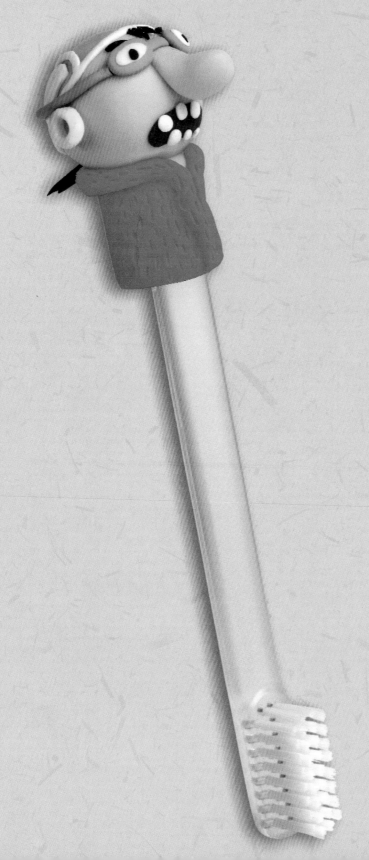

# Tesoros a la carta

PATRICK DENIEUL

ILUSTRACIONES DE HÉLÈNE VESVARD

—Empecemos por
el principio: el peñasco
con forma de águila...
Sí, ahí está. Las dos
palmeras cruzadas, también.
Vale... Veinte pasos de gigante
en dirección a la Montaña
Humeante... de acuerdo. Luego
quince pasos de ratón a estribor
hacia la Cascada de las Brumas...
Ya está hecho. Por último, seis saltos de
conejo hacia el mar sobre
la Playa de las Tortugas.

78

El pirata Cabeza Hueca se concentró de nuevo en el pergamino resquebrajado que conducía al tesoro de Tronchahierros el Cruel.

—¡Qué bobalicón! —rugió de repente el bucanero—. ¡Me había olvidado de los saltos de conejo! ¡Alehop!, seis saltos y me pongo a cavar.

Seis dong, dong, dong, dong, dong, dong
más tarde, el pirata hundió con brío el pico en la
arena.

—¡Cling! —respondió el cofre enterrado.

—¡Por las barbas de Neptuno!
¡El tesoro de Tronchahierros es mío!

Cabeza Hueca sacó de la arena un cofrecito de madera que se colocó bajo el brazo. Luego, con el mapa en el bolsillo y el pico al hombro, se dirigió hacia su barco al otro lado de la isla desierta.

La *Bella Palomita*,
el bergantín del pirata,
estaba encallada en lo alto
de un peñasco puntiagudo,
en una cala abandonada.

Cabeza Hueca subió silbando a bordo y bajó a
su camarote. Clavados por las paredes,
junto a las cartas de navegación,
había dibujos hechos por niños.
El filibustero depositó sobre la mesa el
cofre del tesoro y se enfrentó de
inmediato con la cerradura.

—Diantres, qué resistente —farfulló el pirata, forzando la abertura con la punta del sable.

Crac, hizo el cofre.
«Je, je, je», rio
Cabeza Hueca.
«Tap, tap, tap»,
resonaron unos pasos a
sus espaldas.

—¿Quién va? —preguntó
el pirata extrañado empuñando
el sable de abordaje—. Un rufián
que codicia mi tesoro, ¿eh?

De un salto, Cabeza Hueca se subió a la mesa rasgando el aire con su sable. ¡Chis, chas! Golpe de sable a la derecha, a la izquierda, embiste, quite.

—¡Gluglú, tutú, momo! —gritó un muchacho aterrorizado.

—¡Martes de Carnaval! —rio Cabeza Hueca al reconocer al indígena que había salvado siendo niño de los caníbales y educado como si fuera un hijo. Pardiez, que me has asustado. ¡Casi te dejo como un colador!

El pirata bajó de un salto y miró el cofre abierto. Estaba vacío. ¿Vacío? No del todo. En el fondo del cofre había un dibujo de Martes de Carnaval representando a Cabeza Hueca sin cabeza.

—Por el palo de mesana —gruñó el pirata, cogiendo el papel—. Hijo mío, ¡explícate! ¿Dónde está mi tesoro?

—Coco papá dodó —explicó Martes de Carnaval mostrando el dibujo.

—¿Cómo, que no hay tesoro? ¿Cómo, que se me va el coco? ¿Que no hago más que desenterrar el mismo tesoro vacío siempre? Pero, entonces, ¿dónde está mi oro?

Martes de Carnaval señaló un baúl polvoriento que había en un rincón. Intrigado, Cabeza Hueca se dirigió hacia allí. El baúl estaba hasta los topes de botellas de ron. En el cuello de cada una había atada una tarjeta ancha, y sobre cada tarjeta se hallaba escrito el nombre de un pirata.

—¡Caramba! —se sorprendió
Cabeza Hueca—. ¡Todos los tesoros
que he ido acumulando a lo largo
de mi carrera! Vaya, me apetecería
desenterrar uno... ¿Cuál de ellos?

—¿La pasta de Diente de Plata?
No. ¿La de Pata Torcida? Bah...
¡Ah, ya sé! ¡Los doblones de Guantazo
de Plomo! —exclamo el bandido sacando
un mapa de la botella.

—Entonces, quince pasos de elefante desde el Cabo de
las Tempestades hasta la Gruta de los Murciélagos.
Cincuenta zancadas hacia el Charco de los Cocodrilos.
Sí... Rodear con seis pasos de hormiga la Peña
Agujereada y avanzar directo hasta
la marca en forma de corazón.
Perfecto —concluyó Cabeza Hueca,
cogiendo el pico—. ¡Al abordaje,
Martes de Carnaval!
Corramos a desenterrar ese tesoro
antes de que se me olvide.

# Lamento del pirata despistado

Desde Méxeico hasta Taiwán,
Cabeza Hueca es un famoso truhán.
Con su inmenso sable,
asalta todas las naves.

Pero su cerebro es de mosquito
y, en cuanto encuentra el oro,
ya lo ha perdido.
Lo esconde por todos lados,
pero no se acuerda de dónde
  lo ha dejado.

En la isla desierta
donde ha encallado,
tiene sus tesoros camuflados,
están muy bien enterrados,
pero no sabe cómo encontrarlos.

Este Cabeza Hueca es desdichado,
pues el pobre anda muy despistado.

¿Qué representa el dibujo de Martes de Carnaval?

Cuenta el número de pasos, saltos y zancadas que debe realizar Cabeza Hueca para descubrir el tesoro.

Respuestas:
• El dibujo representa a Cabeza Hueca sin cabeza.
• Debe hacer 5 saltos, 12 pasos y 9 zancadas.

93

# El bloc antidespistes de Cabeza Hueca

## Material

- cartón de embalar • un bloc de post–it
- un lápiz mini • una tira de papel de dibujo de 2 x 4 cm • pintura • rotulador negro
- cúter • plegadera • regla

**1** Traza un gran rectángulo sobre cartón con las dimensiones del dibujo*, dibuja también el patrón de las orejas, del aro de la oreja y de las puntas del pañuelo.
*11 x 22 cm (a 9 cm de los bordes se trazan dos líneas discontinuas que no se recortan).

**2** Pide a un adulto que te lo corte todo con el cúter y redondea los ángulos del rectángulo grande.

**3** A) Pasa la punta de la plegadera (o la punta que no corte de unas tijeras) por las líneas discontinuas.
B) Con ayuda de una regla marca los pliegues.

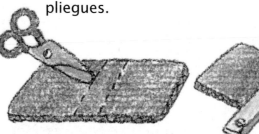

**4** Pinta la cara de Cabeza Hueca sobre la parte superior de la funda. Pega y pinta las orejas, el aro y las puntas del pañuelo. Espera a que se seque y repasa los contornos con el rotulador negro.

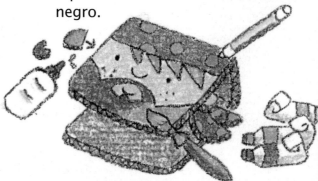

**5** Haz un bucle con la cinta de papel de forma que puedas deslizar un lápiz. Pega el bucle y el bloc de post-it en el interior de la funda.

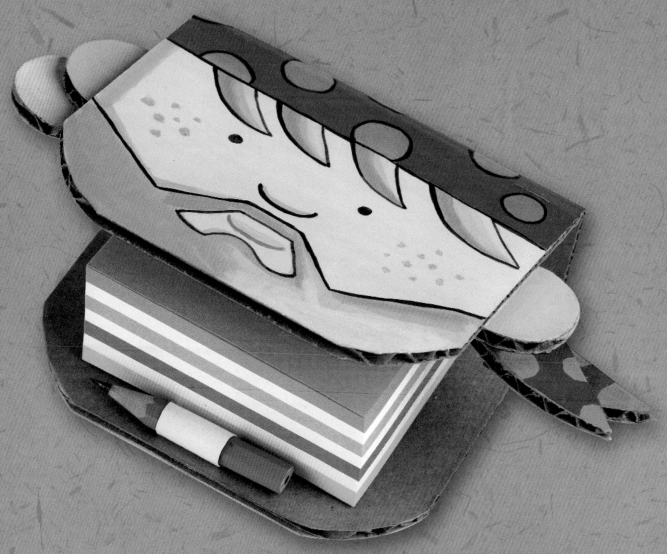

# El barco en la botella

LUDOVIC FLAMANT

ILUSTRACIONES DE MARIE DESBONS

Para su cumpleaños, **Jonás**
lo había dejado claro: quería un nuevo
juego para su consola. Se lo había
repetido a todo el mundo durante semanas
y semanas.

¿Había olvidado decírselo también a su padrino?
No, recordaba muy bien habérselo comentado
por teléfono.
Su padrino hasta había preguntado:
—¿Un juego de piratas?
Supongo que podré encontrarlo.

Así pues, ¿por qué tenía hoy una botella entre las manos?
De acuerdo, había un barco miniatura en el interior
y era muy bonito...
De acuerdo, tenía algo que ver con
los piratas... Pero eso no quitaba que
**no era lo que él había pedido.**

A pesar de todo, Jonás
intentó sonreír y
balbucear un lamentable
«Gracias, padrino».

Esa noche, en su habitación,
estaba a punto de llorar.
—¿Es que me ha tomado por un perfecto
idiota o qué? Mira que querer hacerme creer
que esto es mejor que un videojuego.
¡Puaj, qué regalo
tan tonto!

Y de un puntapié, envió la botella rodando
debajo de la cama.

Una vez que se
hubo dormido, tuvo
un sueño extraño
y un poco desagradable: tenía la impresión de que la cama
se movía en todos los sentidos,
para arriba, para abajo, para la derecha,
para la izquierda...
Como para marearse.
A Jonás le habría gustado que el sueño terminara, así que
probó a abrir los ojos.

99

¡Increíble! ¡La cama se encontraba en la cubierta de un barco!

Alrededor y hasta donde la vista alcanzaba no había más que mar, otra vez mar, y una isla muy cercana. Ni siquiera se pellizcó para comprobar que estaba despierto: sentía el viento en los cabellos y oía claramente los chillidos de los albatros por encima de su cabeza.

Alguien le dijo:

—Así que, **capitán Jonás**, ¿vamos a buscar el tesoro?

—¿Eh? Yo... ¿es a mí? —balbuceó Jonás—. ¿Adónde?

Quien acababa de hablar era un viejo pirata.

—Si seguimos las instrucciones del mapa tatuado en su barriga, capitán, **el tesoro** debe encontrarse justamente en esa isla.

Jonás se abrió la camisa del pijama. Pues sí, llevaba un mapa tatuado en la barriga. «No sé si mi mamá estará de acuerdo», pensó.

El mapa era preciso y no resultó difícil desenterrar el tesoro. Un cofre lleno de monedas de oro, diamantes y **¡tabletas de chocolate con avellanas!**

Se metió una en el bolsillo antes de trasladar el cofre al barco con la ayuda del pirata.

—Gracias, capitán Jonás —dijo el pirata—.
Sin usted nunca habríamos logrado encontrar el tesoro.
Ya me habían dicho que podía contar con usted.

»Pero ha llegado el momento de echarse una siesta puede volver a su cama.

104

Sí, hombre, ¿estaba de broma? Jonás no tenía la menor intención de irse a dormir: **¡Era, nada más y nada menos, que capitán!**

¡De un barco de verdad, con un auténtico tesoro! Quiso protestar, pero de golpe, le pesaban los párpados, mucho...

Bostezó, no podía evitarlo.

Cuando Jonás despertó, volvía
a estar en su habitación. Se quitó
la camisa del pijama a toda prisa
para verificar si el mapa estaba allí,
pero había desaparecido.

¡Qué decepción!

Miró debajo de la cama:
la botella seguía allí.

La cogió para observarla
con mayor atención.
Estaba claro que no
lo había soñado:
se veía con toda
claridad el tesoro en la
cubierta del barco y
también a un minúsculo
pirata que parecía dar las
gracias.

Y además, esa maravilla en el bolsillo:
¡una tableta de chocolate con avellanas!
De acuerdo, un poco fundida, pero real.
Jonás sonrió al pensar en su padrino.
¡Que llegue la noche
siguiente!
¡Esa botella mágica era, sin la
menor duda, mucho mejor que
cualquier videojuego!

# Nada más sencillo

—¿Papá, cómo meter una nave
en una botella?
Tú que todo lo sabes,
explícame esta proeza.
—Nada más sencillo,
basta con un barquito pequeño
al que preguntar con cariño:
«¿Te molestaría entrar aquí dentro?».

# ¿Regalos?

Pido una bicicleta,
y me regalan una trompeta.
Pido una consola,
y me regalan una mascota.
Pido una moto,
y me regalan un gorro.
¡Pido, solo pido
que me regalen lo que pido!

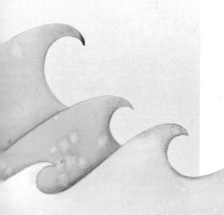

Jonás no consigue dormirse.

**Ayúdalo a contar los peces para que concilie el sueño.**

Mira con atención el mapa tatuado en la barriga de Jonás.

**¿Qué camino debe seguir para llegar al tesoro?**

Respuestas:
• Hay 6 peces.
• Debe coger el camino número 6.

a

d

c

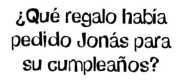

b

¿Qué regalo había pedido Jonás para su cumpleaños?

El pirata contempla su reflejo en el mar. Pero no es fiel.

## ¿Cuántas diferencias ves?

Respuestas:
• **El juego d.**
• **Hay 8 diferencias:** sombrero, mano, pie, parche del ojo, cinturón, lazo en el cuello, bigotes y aro en la oreja.

# La botella de los secretos de Jonás

## Material

- una botella de leche vacía (bien limpia, claro)
- una bola de poliestireno • unas hojas de periódicos antiguos • cola para papel pintado
- gouache • rotuladores • papel grueso (canson) • cúter • cola

**3** Añade los detalles con los rotuladores.

**1** Pega la bola sobre el cuello de la botella y cúbrela completamente de papel impregnado con cola para papel pintado. Recorta las dos orejas con el papel grueso y pégalas a cada lado de la cabeza.

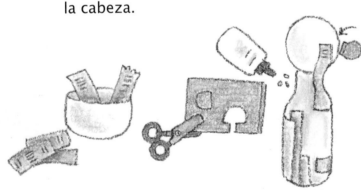

**4** Pide a un adulto que te ayude a cortar con el cúter la botella por la línea del pantalón.

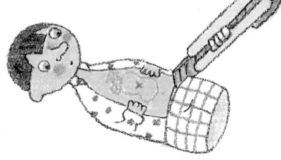

**5** Recorta una tira de papel grueso (24 x 2 cm) y pégala al interior del pantalón de modo que asome 1 cm. Para reconstruir el personaje, basta con que encajes las dos partes.

**2** Una vez se haya secado, pinta el personaje inspirándote en las ilustraciones de la historia.

ROSALINDE BONNET

# La sirena del capitán

ILUSTRACIONES DE
CÉCILE BECQ

El capitán Jim O'Cama era,
de todos los piratas, el mejor
en descifrar los mapas
de los tesoros.
En solo dos lunas llenas
había encontrado el escondite
del tesoro de **Neptuno.**

Aquella mañana, sus piratas habían desenterrado un viejo cofre oxidado.
¿Qué había en el interior? ¿Oro? ¿Plata? ¿Joyas?
No, solo una concha pequeñita en la cual se hallaba escrito:
«¡Bravo, has ganado! Buen viaje. Neptuno, rey de los mares».

—¡Por las barbas de Neptuno!

—gritó furioso Jim O'Cama.

Pues sí, él, que había encontrado oro en la isla
Cocos, las perlas de las Tuamotu, las joyas
de las islas Marquesas, los lingotes de plata de
Herradura... estaba, sencillamente, ofendido.

Estaba tan furioso que la tripulación precisó
de más de **seis toneles de ron** para calmarlo.
Y así fue como, dando traspiés,
se subieron todos borrachos al barco.

A bordo del barco: ¿qué raro?
Una sirena tomaba el sol tranquilamente en la cubierta.
—Buenos días, me envía Neptuno
Soy Isaura, ¡vuestro tesoro!

Los piratas estallaron en carcajadas.

—¿Que una sirena es un tesoro? Vamos, largo de aquí, pez grandote.

—Para demostrároslo voy a cantar —dijo la sirena herida.

La tripulación se tapó las orejas, pues el canto de las sirenas había hecho naufragar a más de un barco.

Pero Jim O'Cama, encantado, declaró:

—De acuerdo, tesoro, si no cantas, te puedes quedar.

119

Los piratas protestaron:
—Pero Capitán, no podemos
llevar a una chica en el barco,
trae mala suerte.
—No es una chica, es una sirena —dijo
el capitán con una sonrisa devastadora.
—Pero Capitán, todo el barco
olerá a pescado.
—Así no tendremos que oler a vuestros
calcetines mojados —respondió
Jim O'Cama dirigiendo un guiño a Isaura.

Ella ya iba a preguntarle si tenía
un mosquito (en el ojo) cuando:
—¡Merluzo a la vista!
Los piratas corrieron a ocupar
sus puestos de combate, pues
el terrible Merluzo era el enemigo
acérrimo de Jim O'Cama. De forma
periódica se acercaba para
intentar robarle sus tesoros.

—¡Ohé, Jim O'Cama, grumete marinado!
¡Venga, macacos, por aquí! —ordenó.
—Ven a buscarlos, ¡viejo tiburón desdentado!
—respondió Jim O'Cama desenfundando la espada.

121

Entonces Merluzo sacó de un saco...
¡a la mamá de Jim O'Cama,
que había tomado como rehén!
—¡Ah, no! ¡A **Mamita** no!
—lloriqueó temeroso Jim dejando el sable.
Y temblando, dio a su enemigo
la llave de la cala.

122

La tripulación de Merluzo se
apropió de los cofres, las armas
y las provisiones. Jim O'Cama y sus
piratas asistieron impotentes a ese
saqueo. Cuando la cala estuvo vacía,
Merluzo liberó a su rehén y volvió
a su barco.

—¡Hasta la próxima, Jim!

—dijo riendo. Jim O'Cama, blanco como una
ballena beluga, no respondió.

# —¡Qué catástrofe!

—se lamentaron los piratas, al ver cómo se alejaban sus tesoros.

—Lo siento mucho, pulpito mío —suspiró la mamá de Jim O'Cama.

—¿Os canto una nana para tranquilizaros? —propuso la sirena.

Como nadie protestó, Isaura se puso a cantar. ¿Y entonces?

¡Las notas que salían de su boca eran de oro!

—¡Qué bonito! —exclamaba maravillada Mamita, escuchando la música.

—¡Qué bonito! —exclamaba maravillado Jim, viendo a sus hombres meter el oro en los cofres.

Con todo ese oro, los piratas hicieron construir
un palacio magnífico para Mamita. Compraron una
fragata más grande, más bonita y más rápida
en la que volvieron a surcar los mares en compañía
de la sirena. Ella cantaba y contaba historias
a los piratas. Pero lo que más le gustaba era
descifrar los mapas de tesoros con Jim O'Cama.
**¡Todavía era mejor que él!**
Lo que hacía que el capitán dijera,
cada día más enamorado:
—¡Mi Isaura es un auténtico tesoro!

125

# Tres piratas

Un pirata sin corbata
y con pelos en las patas
nada como una rana
junto a su fragata.

Ha perdido la cabeza
el pirata por la sirena
y ahora a la ballena
de punto le teje una prenda.

Vestido como un torero
y con un mapa entre los dedos,
un cofre con montañas de dinero
el pirata espera encontrar el primero.

# ¿Quién soy?

Soy un navegante aterrador,
pero no soy pescador.
Soy un gran batallador,
pero no soy fanfarrón.

¡Soy yo, Jim O'Cama el Escarlata,
el capitán, el gran pirata!

Soy la reina de las aguas,
pero de pez no tengo cara.
Canto hermosas nanas
pero la cocina no me gusta nada.

¡Soy yo, Isaura, con mi melena de oro,
la sirena, el cantarín tesoro!

Busca al intruso entre estos animales y criaturas.

Pero ¿qué peces son estos?

¿Sabes su nombre?

128

Acertijos

¿Qué tienen en común estas criaturas?

¿Cuántos toneles de ron son necesarios para calmar a Jim O'Cama?

Respuestas:
• Son imaginarios.
• Son necesarios 6.

# El cofrecillo de la sirena

## Material

- una caja de detergente en pastillas
- guache • cartulina o papel canson grueso
- pintura acrílica rosa • arena gruesa • tijeras
- pincel • conchas • rotulador negro fino
- purpurina

**1** Pinta el exterior de la caja en rosa.

**2** Copia el patrón de la sirena en la caja.

**3** Píntala tomando las ilustraciones como modelo. Añade los detalles y marca los contornos con el rotulador y recórtala.

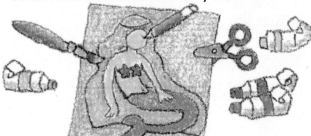

**4** Pliega la figura por los lugares indicados y pégala sobre la tapa de la caja.

**5** Extiende la cola por las partes visibles de la caja. Reparte las conchas y la arena gruesa y esparce purpurina por encima. Sugerencia: no hagas todos los lados a la vez, sino uno tras otro.

Actividad

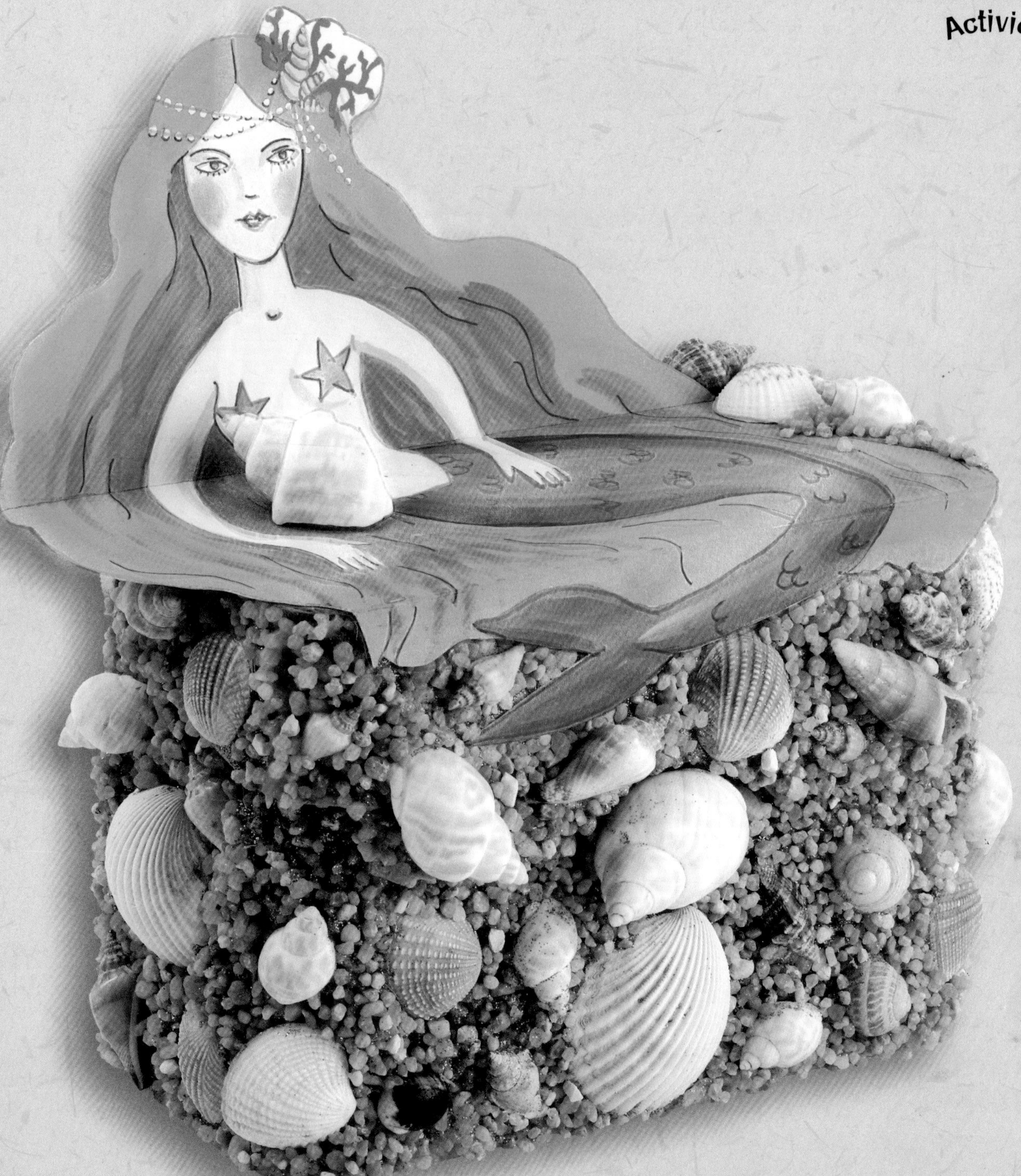

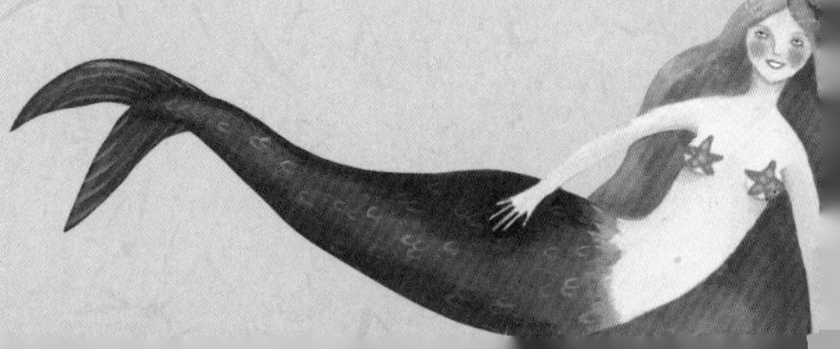

# Los dientes del mar

JULIETTE SAUMANDE

ILUSTRACIONES DE PEGGY NILLE

**¡Esconded botes y calzones!**
¡He aquí que el gallardo galeón *Brazo Partido* se acerca
con su feroz tripulación! Catorce piratas armados hasta
los dientes y con menos seso que una panda de mosquitos.
Pero el cerebro del barco es el pirata número quince:
el **capitán Dentellada**, un loro con dientes
de tiburón devorador. Claro que se encontró
la dentadura en una isla abandonada.
Pero ida una impresión...!

A bordo del *Brazo Partido* no es necesario pensar, basta con imitar al loro.

Dentellada blande su sable, salta hacia delante y grita a voz en diente:

—¡Al abordaje, mejillones de baja estofa!

Y toda la tripulación obedece como una pandilla de niños buenos.

Esta mañana, sin embargo, en alta mar y mientras Dentellada
se cepilla los dientes con zumo de atún verde, se le ha quedado
abierta la dentadura y no puede cerrarla.
—¡Ayudadme, anchoas miserables! —grita el capitán.

Pero la tripulación solo oye:
«¡A u aa e, a o a, i e aa e!»,
y no entiende nada.

—¿Qué querrá Dentellada? —se preguntan los piratas.

¿El tesoro del mes? ¿El bañador rosa con lunares?

¿El retrato de su tía Gilda?

Al ver a la tripulación
tan atontada, el loro sacude
la cabeza.
Y los piratas sacuden la cabeza.
Impaciente, Dentellada da una
patada. Y los piratas (¡serán
patatas!) dan otra patada.

El loro se enfurece:
agita las alas, remueve
el pandero, gruñe como una
gaviota de las Islas Perdidas.
Y los piratas imitan todos
los gestos del capitán.

Es entonces cuando Dentellada descubre en el horizonte un gran navío cargado de riquezas, es el *Gondo Linda*. Grita:

—¡Al ataque! Pero la tripulación no entiende ni una palabra. Blande el sable hacia delante, da un salto sobre el cabestrante y los piratas hacen, simplemente, lo mismo que él.

En el *Gondo Linda*, resuenan unas risas.
Pero ¿qué hacen esos piratas bailando
salsa en lugar de atacar?
¿Es un circo ambulante? ¿Un equipo
de natación sincronizada?

El comandante ordena: «¡A toda vela!»,
y el *Gondo Linda* desaparece en menos
de lo que canta un gallo.

Y por lo que se dice, la tripulación todavía está riendo.

Sí, pero ¿y Dentellada?
Cuando ve pasar tanta pasta
por debajo de su pico, se pone verde
como un alga.
«¡Es el fin de mi carrera —piensa—,
mejor vender marisco.
Pero, primero, liberémonos
de esta maldita dentadura.»

Y emprende el vuelo sin hacer caso de la tripulación
que lo sigue por la borda y ¡choff!, cae al mar.

Por el camino, Dentellada se encuentra con delfines martillo y gambas sierra, pero nadie puede echarle una mano. Al final, agotado, desplumado y con el gaznate seco, aterriza en la Isla Pepinillo. Mientras descansa con los piececitos en un lago, el agua se pone a borbotar y de repente aparece un... gran morro. Seguido de dos ojos pequeñitos y de una aleta acerada: **¡el tiburón enterrador!**

Esta vez, Dentellada piensa:
**«¡Cagarruta de pulpo, estoy acabado!».**

El tiburón abre una boca inmensa (negra como el carbón y llena de moscas), y...

—Hola, soy Sashimi.

Pero Dentellada entiende:
«¡Oa, oo, aii!»,
y le pregunta:
—¿Qué quieres? ¿Comerme ahora mismo aquí?
¿Con pepinillos de mar fritos?
¿Con pinchitos de león marino?

Sashimi empieza a soplarle en los pies. Y el loro, que tiene muchas cosquillas, se pone a reír a mandíbula batiente. Abre tanto el pico que la dentadura se le suelta y cae sobre la blanca arena. Con dos coletazos, el tiburón la coge y se la pone.

—¡Gracias, gracias! —exclama Sashimi (y esta vez el loro desdentado lo entiende todo)—. ¡Hacía diez años que había perdido la dentadura! ¡Diez años comiendo puré! ¡Ven a mis aletas, pajarito lindo!

Pero Dentellada reemprende
el vuelo sin demora hacia su
querido barco. Allí, lanza boyas
a los piratas, que todavía están
en el agua, iza las velas,
y ¡yo jo jo jo!

Al parecer, desde entonces Dentellada
no pronuncia palabra y el *Brazo Partido*
se ha convertido en un club de gimnasia
para piratas descerebrados.

# Loro cebado

1 mosca, 2 moscas, 3 moscas,
a qué esperas, Dentellada, ¡cierra la boca!
4, 5, 6 moscas,
¡ya ni cabes en tu ropa!
7, 8, 9,
¡ni moverte puedes!
10 moscas, 10,
¡al hospital, que no te tienes en pie!
Lo operan con cuchillo,
sierra, hacha, clavo y martillo,
mas nada se puede hacer, no menea ni un ala,
y cuando uno menos lo espera, ¡estalla!

# ¡Ojo al parche!

¡Ojo al parche! ¿Qué se ve a babor?
¡Un banco de gambas asesinas!
Preparad el cañón,
no dejaremos una con vida.

¡Ojo al parche!
¿Qué se ve a estribor?
Un banco de sardinas, redonditas como bolas.
A cubierta la tripulación
preparad la barbacoa.

¡Ojo al parche! ¿Qué se ve ahí detrás?
Una flota de delfines policías.
Rápido, todos la borda a lavar,
como si fuéramos de fiar.

¡Ojo al parche! ¿Qué se ve ahí enfrente?
¡un tiburón blanco, grande, gordo, gigante, imponente!
Capitán, ¿lo atacamos?
Sacad unos bonitos platos,
que sean brillantes y blancos y unos enormes vasos
para echar un buen trago.
¡Rápido! ¡Todo el mundo preparado!
¡Es Shashimi que con nosotros
viene a pasar el rato!

¿Cuántos piratas ves a bordo del *Brazo Partido*?

¿Qué quiere Dentellada?

Respuestas:
• Hay 15.
• Quiere que lo ayuden a volver a cerrar la boca.

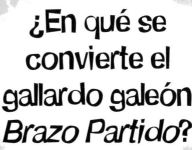

¿En qué se convierte el gallardo galeón *Brazo Partido*?

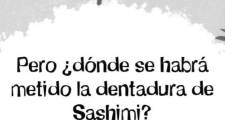

Pero ¿dónde se habrá metido la dentadura de Sashimi?

¡Búscala!

Respuestas:
• En un club de gimnasia para piratas de poca inteligencia.
• Está encima de la palmera, a la izquierda.

147

# El devorapiratas de Dentellada

## Material
- 2 hueveras • 6 tapones de corcho • números autoadhesivos • pintura (gouache o acrílica)
- 1 rotulador negro

**1** Corta una huevera en dos, pega el fondo y la tapa de una, sobre la tapa y el fondo de la otra respectivamente.

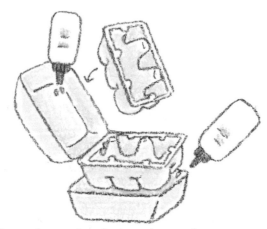

**2** Píntalo todo copiando la cabeza de Dentellada: el interior en rojo, dejando las puntas que sobresalen en blanco como si fueran dientes.

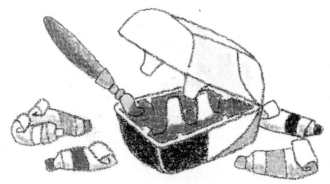

**3** Pinta los tapones piratas alternando las tiras de colores (una para el pañuelo, otra para la cara, otra para la camiseta y la última para el pantalón).

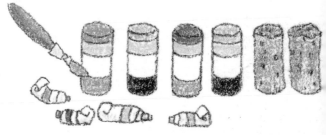

**4** Añade los detalles con el rotulador: los ojos y las pestañas de Dentellada, los rasgos de la cara y las rayas

de las camisetas piratas.

**5** Pega unas cifras en el interior de las cavidades para marcar unos puntos. Se puede jugar de dos maneras: con el pico de Dentellada abierto (fácil) o con el pico a medio abrir (difícil, pero se duplican los puntos obtenidos). Hay que introducir el mayor número posible de piratas en el pico

de Dentellada dándoles un golpecito con el dedo.

# El capitán Terror

LUDOVIC FLAMANT

ILUSTRACIONES DE THIERRY LAVAL

¿De verdad tengo que presentar a la tripulación del *Muertenegra*? Es
el más célebre de los barcos y **el más temido**
de todos los océanos. De izquierda a derecha:
Pata de Palo, el cocinero; Mool y Fritz,
los marinos camorristas; capitán Terror
y, cómo no, sobre su hombro, ¡yo!

A primera vista tengo pinta de ser majo, pero no os fiéis,
sé tantas palabrotas como mi amo
y he hincado mi pico en más de una oreja.

151

# El capitán Terror no teme a nadie.

Esto es lo que todo el mundo dice. Y también yo me lo creía hasta esa mañana: por primera vez noté que temblaba bajo mis patas cuando pasábamos cerca de una isla. Balbuceó:

—¿Tenemos realmente necesidad de ir a esa isla? Podríamos cambiar de rumbo.

—Pero capitán —respondió Fritz—, necesitamos comida y navegando a vela tardaremos dos días en llegar a la siguiente isla.

152

El capitán Terror
se echó de nuevo a
**temblar** como un flan.
Yo, que estaba al lado,
¡hasta oí cómo los dientes
le castañeteaban! ¿Qué habría
en esa isla que fuese
**tan especial?**

Lo entendí cuando desembarcamos. Una mujer tan hospitalaria como un carcelero nos esperaba gritando.

—¡Por fin, ya era hora, bribón! ¿Cuánto tiempo hace que no vienes a ver a tu pobre mamá? ¿Eh?

¿Quieres que me muera de pena?

Empezábamos mal, pero todavía empeoró al día siguiente, cuando la madre del capitán anunció que quería marcharse con nosotros. En cuanto subió a bordo, inspeccionó la boca de toda la tripulación:

—Ya veo que no os cepilláis los dientes, ¡niños feos!

Y todo el mundo tuvo que cepillarse los dientes sin discutir, ¡incluso yo, que no tengo!

Pero en realidad, acabábamos de entrar
en el infierno, pues a continuación nos exigió que
nos laváramos de la cabeza a los pies. Luego
mandó saltar al capitán desde lo alto de la
plancha y después lo colgó del garfio para
que se secara: ri-dí-cu-lo.

Pero dejad que os cuente esa vez que teníamos
que atacar a un navío inglés...

Hace día nos levantamos muy temprano. El capitán Patapalo ocupa su sitio
de guardia acostumbrado y todos sabemos que aquel año al timón es el de
la vela mayor.

¡Horror! ¡La vela mayor ha desaparecido!

Todos nos ponemos a buscarla y, entre tanto, los ingleses nos han visto y,
evidentemente, salen huyendo.

Justo entonces llega la madre
del capitán, más contenta que unas
pascuas, con la vela mayor
lavadita, planchada
y doblada en los brazos.
—¿A quién hay que dar
las gracias por la colada?
¡Gracias, querida mamá!
Fue demasiado para el capitán.

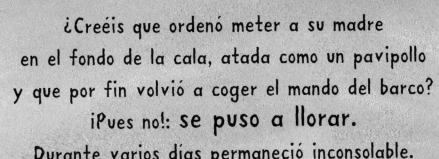

¿Creéis que ordenó meter a su madre
en el fondo de la cala, atada como un pavipollo
y que por fin volvió a coger el mando del barco?
¡Pues no!: se puso a llorar.
Durante varios días permaneció inconsolable.
A sus espaldas lo llamábamos «capitán Llorón».

A las mamás no les gusta que se burlen de sus hijos.
Comprendió que había llegado la hora de que volviera a su isla.
Pero antes... ¡había que levantarle los ánimos al capitán!
Pidió la ayuda de Pata Palo para prepararle su plato favorito
y luego me llamó y me enseñó una canción.

...sa misma noche celebramos una fiesta muy divertida en honor del capitán. ...a comida era excelente, pero lo que le devolvió la sonrisa al capitán fue sobre ...odo la canción que ella me había enseñado: ¡una auténtica canción pirata con las ...eores palabrotas del mundo!

# Canción pirata

Las amarras soltemos,
¡por los pedos de un cangrejo!
Carguemos los cañones,
y saquemos los espadones.

Nuestra bandera negra,
en lo alto del mástil ondea.
Los pequeños filibusteros
tiemblan de miedo.

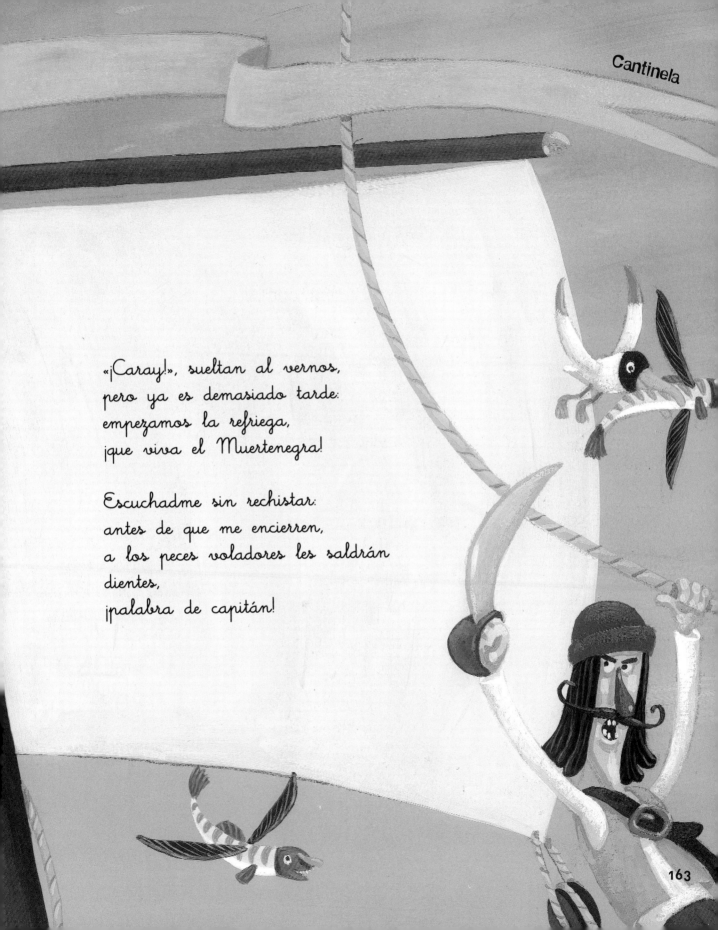

«¡Caray!», sueltan al vernos,
pero ya es demasiado tarde:
empezamos la refriega,
¡que viva el Muertenegra!

Escuchadme sin rechistar:
antes de que me encierren,
a los peces voladores les saldrán
dientes,
¡palabra de capitán!

163

Cómo llamaba la tripulación al capitán Terror después de que llegara su mamá?

¿Capitán Dormilón?

¿Capitán Llorón?

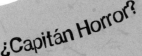

¿Capitán Horror?

¿Capitán Gruñón?

A Mool y Fritz se les han caído los dientes durante la pelea.

## ¿Cuántos ves?

164

«Mamá ha cambiado», piensa el capitán Terror.

**Señala las diferencias que hay en los dos retratos.**

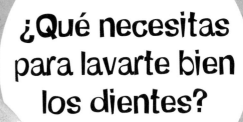

**¿Qué necesitas para lavarte bien los dientes?**

# Pirata portamensajes

## Material

- espuma de corcho: naranja, azul, rosa, roja, verde, marrón, amarilla y gris
- rotuladores finos • lápiz corrector (typex)
- 1 ojo móvil de 8 mm • pinza de la ropa
- cordel • cola universal en gel • tijeras

**3** Pega la cabeza a un lado de la pinza de la ropa y el cuerpo al otro.

**1** Copia los patrones en las hojas de espuma de corcho y recórtalos.

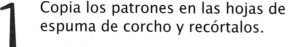

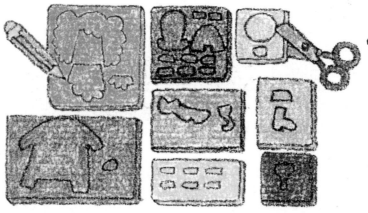

**4** Añade los detalles con los rotuladores finos. Para el color blanco, utiliza el corrector. Pega el ojo.

**2** Pega los elementos del cuerpo y los de la cabeza aparte.

**5** Pasa un cordón por el agujero del muelle de la pinza, haz un nudo y suspéndelo en el picaporte de la puerta de tu habitación. Podrás dejar mensajes o recibirlos.

ANNE JONAS

# El más fantástico de los tesoros

### ILUSTRACIONES DE NICOLAS FRANCESCON

Hace ya tres semanas que el
pirata Patarroso navega hacia un
misterioso destino. Hunde un barco
por aquí, saquea otro por allá, pero
no se concentra, tiene demasiadas
ganas de llegar.

¿Adónde va tan deprisa?
En el barco, sus hombres
cuchichean y dicen que tiene
el mapa del tesoro
más fabuloso jamás escondido.

La embarcación atraca por fin en la isla de las
Pechinas, la misma que está marcada con una gran
cruz roja en el mapa del capitán Patarroso.

Ahora que la tripulación ha desembarcado, es muy sencillo. Hay que **contar cien pasos en dirección a la salida del sol**, luego girar a la izquierda por detrás de un cocotero torcido y dar todavía veinte zancadas. Se llega a una roca con forma de pollo asado y es exactamente en ese lugar donde hay que cavar.

169

Diez minutos más tarde del primer golpe de pico, un pirata llamado Tijereta deposita un viejo y carcomido cofre a los pies de Patarroso. —¡Chicos! —grita el capitán—, noto dolores en la pierna con reuma: ¡es buena señal! ¡Estoy seguro de que esa caja de madera está llena de diamantes tan grandes como patatas!

Y de un sablazo, el capitán hace saltar la cerradura y levanta la tapa. En el momento en que mete la cabeza en el cofre se oye **un grito terrible**. Saca una cosa que sujeta con la punta de los dedos. ¿Qué es?

¿Una rata muerta?

¿Una medusa seca?

171

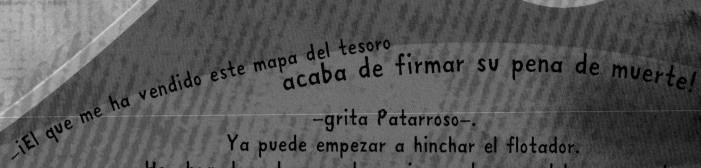

—¡El que me ha vendido este mapa del tesoro acaba de firmar su pena de muerte!

—grita Patarroso—.

Ya puede empezar a hinchar el flotador.

He ahogado a decenas de marineros de agua dulce por mucho menos que eso.

¡Tres semanas navegando por esta cosa llena de hojas! ¡Por un libro! ¿Y por qué no por un tapete? ¿O una caja de clavos?

Vais a ver qué hago yo con esta clase de «tesoros».

172

Cuando Patarroso levanta el brazo para lanzar el libro al mar, se oye una vocecita.

—No, por favor... No lo tiréis...

El que ha hablado es Hurguete, el más joven de los grumetes.

173

—¿Y para qué quieres tú un libro, listillo? —ruge Patarroso fuera de sí.

—Estoo... hummm... —balbucea Hurguete—. Es que... es que me gustaría leerlo..

—¡Un pirata no tiene que saber leer! —vocifera Patarroso—. Está prohibido por el Reglamento Internacional de la Piratería. **¡Has firmado tu sentencia de muerte!**

Te arrojaremos a los tiburones esta noche antes de levar el ancla y dejar esta desgraciada isla.

Hurguete gimotea, llora y suplica, pero Patarroso no cambia de opinión.
Saber leer es un delito demasiado grave, en efecto,
no puede perdonarle la vida.

Cuando el sol se acuesta detrás
del horizonte, van a buscar a Hurguete
para que se suba a la plancha
de los condenados.

Justo debajo, una panda de tiburones impaciente
tocan las castañuelas con los dientes

De repente, del grupo de los piratas se eleva un rumor. Antes que Hurguete y su libro salten al agua, les gustaría saber qué sucede cuando se oye leer a alguien... Primero Patarroso se niega categóricamente, luego refunfuña un poco y al final acaba diciendo que a él también le gustaría escuchar un cuento antes de ir a dormir...

Esa noche, Hurguete lee mucho tiempo,
todo el tiempo que el farol se mantiene encendido.

Al día siguiente, Patarroso, que ha soñado unas historias mucho más bonitas que de costumbre, saquea el primer barco con que se cruza. Para gran sorpresa del capitán, sólo le roba las velas y hasta se olvida de hundirlo.

Naturalmente, ni pensar en ejecutar a Hurguete, tiene que seguir leyendo y leyendo ese maravilloso libro que tanto gusta a la tripulación y que se titula *La isla del tesoro*.

# ¡Socorro, que llega Patarroso!

¡Izad la vela mayor, esconded la testa!
Que de golpe va y se acerca
el barco de Patarroso,
un pirata espantoso.

Tiene cara muerto y una pata de palo,
desde el gran Krakatoa hasta la isla de Samos
jamás cargó el mar sobre sus lomos
un ser tan malicioso.

En cuanto su barco surca los mares
los pulpos un lío con las patas se hacen
y hasta los tiburones más infames
piden ayuda a sus madres.

«¡Al abordaje!», grita ese bribón
mientras con su pata de palo baila un danzón.
Palabra de pirata: al enemigo atacaremos
y luego lo saquearemos.

Pero pronto el día vendrá
en que con tanto tesoro el barco se hundirá
y en el fondo del mar Patarroso desaparecerá
y junto a erizos y atunes allí se quedará.

¿Junto
a qué roca
se encuentra
el tesoro?

a

b

c

d

¿Qué descubre
Patarroso en el
viejo y carcomido
cofre?

Respuestas:
• La respuesta b.
• Descubre un libro.

182

¿Quién se comerá a Hurguete cuando anochezca?

**Encuéntralo entre estos peces.**

Respuestas:
• Es el tiburón martillo.

# El punto de lectura de Hurguete

## Material

- cartulina gris fina (el paquete de los cereales es ideal) • papeles de colores • 12 cm de felpilla marrón • lápiz de mina • lápices de colores • rotulador negro • tijeras • cola

**3** Añade los demás elementos sobre el personaje como si lo vistieras. Utiliza el gris del cartón como color de la camisa.

**1** Traslada el patrón a la cartulina y a los papeles de colores y recórtalos.

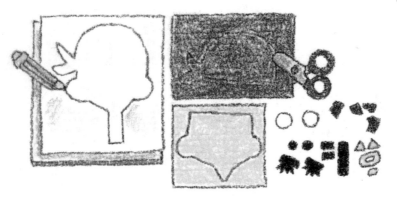

**2** Empieza por pegar el rosa.

**4** Pega la felpilla por el centro a la espalda del personaje. Añade las manos.

**5** Dibuja los contornos de la nariz, la boca y los zapatos con el rotulador. Con el lápiz de mina y los de color, añade las sombras del pañuelo.
Pon el personaje en la última página que acabas de leer con los brazos asomando por encima del libro.

185

# Algunos consejos para hacer las actividades

## El material

El material utilizado es variado y cuesta poco. Se encuentra fácilmente en tiendas de artículos de manualidades, papelerías o grandes almacenes. También puedes reciclar materiales. Algunas actividades precisan del empleo de tijeras de punta o de cúter. En tales casos se requiere la presencia de un adulto.

## Las colas

La mayoría de las manualidades se realiza con cola blanca vinílica. Es importante que la cola esté bien seca antes de iniciar el paso siguiente.

## La pintura

El empleo del gouache está especialmente indicado para los niños. Sin embargo, en soportes como la pasta de sal o la pasta de endurecimiento instantáneo, la pintura acrílica se aplica con mayor facilidad y da mejores resultados.

## Cómo copiar un patrón

1 Coloca un papel de calco sobre el modelo que vayas a reproducir. Puesto que el calco transparenta, sigue el contorno del patrón con un lápiz o rotulador fino.

2 Recorta el papel de calco con tijeras de punta redonda poniendo especial atención en los detalles.

3 Coloca el recorte sobre el soporte elegido. Dibuja el contorno con un lápiz o un rotulador. Si es necesario, recorta el soporte siguiendo la línea.

En las ocasiones en que haya que ampliar en una fotocopiadora los patrones (pp 188-191), no será necesario calcarlos, sino que los cortaremos directamente de la hoja fotocopiada.

# Papel maché

## Material

- cola para papel pintado
- cuenco • agua • ensaladera
- papel de seda o de periódico
- pintura • pincel

Aplicado sobre un objeto, el papel maché aumenta su solidez, le da una textura más interesante y permite pintarlo con mayor facilidad.

Con ayuda de un adulto, prepara una pequeña cantidad de cola para papel pintado adaptando las indicaciones que hay en el paquete.

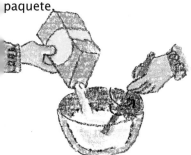

Arranca tiras de papel de periódico de 1 o 2 cm de anchura para un objeto pequeño y tiras largas para uno grande. Sobre todo, no utilices papel de revista.

Moja los papeles, uno a uno, en la cola.

Recubre el objeto con los trozos de papel. Solápalos un poco. Aplica al menos dos capas. Deja que se sequen.

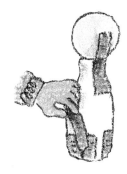

Pinta el objeto a tu gusto. Si vas a utilizar colores claros pinta primero el papel de diario totalmente de blanco.

# Masa para modelar

Esta masa se modela igual que la pasta de endurecimiento instantáneo, pero hay que cocerla en el horno.

## Modelar
### Bolas y bolitas

Extrae una cantidad de masa suficiente. Haz rodar la masa cuidadosamente entre las manos..

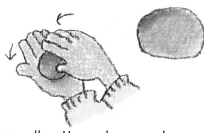

Los rollos. Haz rodar un pedazo de masa sobre la mesa con las manos..

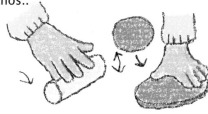

## Ensamblar

La masa para modelar se cuece en el horno a 130 ºC. Pide a un adulto que te ayude. Los elementos se ensamblan presionando muy ligeramente el uno contra el otro.

# Patrones

**El bloc antidespistes de Cabeza Hueca**
páginas 94-95
copiar sin aumentar

x 3

x 2

**El punto de lectura de Hurguete**
páginas 184-185
copiar sin aumentar

**Pirata portamensajes**
páginas 166-167
copiar el 150% en la fotocopiadora

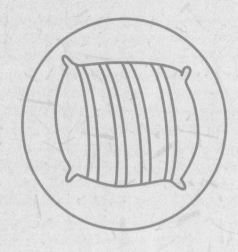

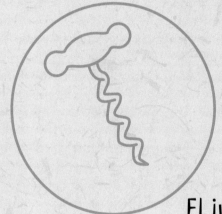

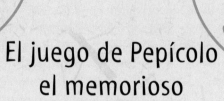

# El juego de Pepícolo
# el memorioso
páginas 58-59
copiar o fotocopiar sin aumentar

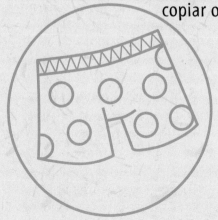

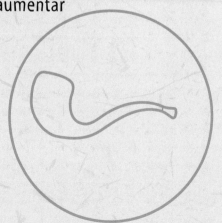

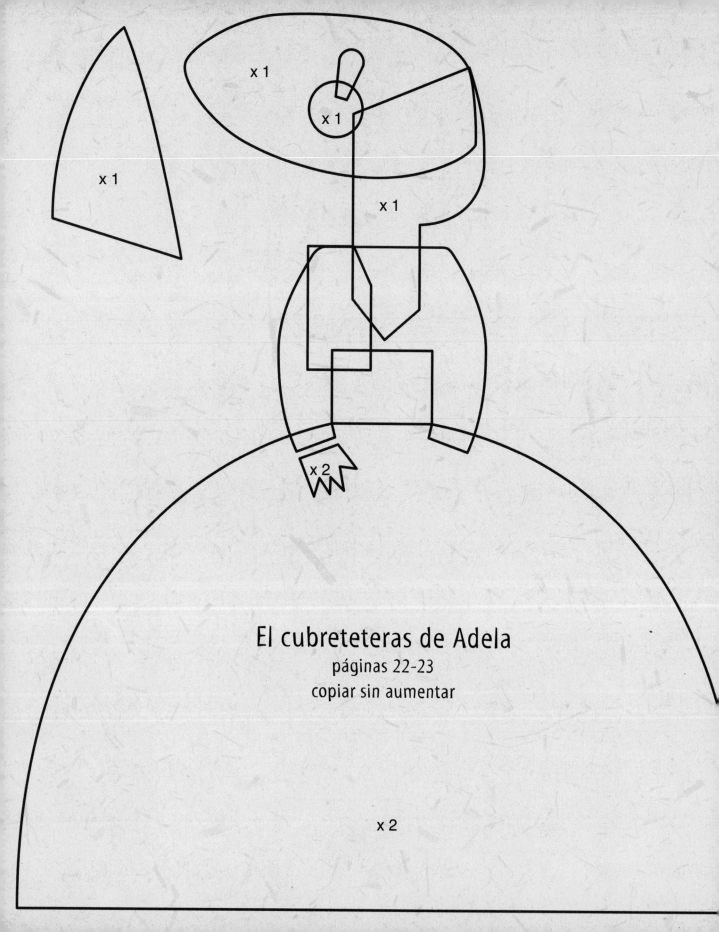

El cubreteteras de Adela

páginas 22-23

copiar sin aumentar

El cofrecillo de la sirena
páginas 130-131
copiar o fotocopiar sin aumentar

parte que se encola

Título original: *Contes et + Comptines, devinettes, activités*
            *10 histoires de pirates*

Ilustración de cubierta: Lucile Placin
Realización de actividades: Denis Cauquetoux
Ilustración de páginas de Actividades y Sugerencias: Marie-Laure Veney
Realización de patrones: Laurent Blondel
Fotografías: Olivier D'Huissier
Diseño gráfico: Catherine Enault
© Groupe Fleurus, París, 2008

Primera edición: noviembre 2011
© de la traducción: Susana Andrés
© de esta edición: Libros del Atril S.L.
    Av. Marquès de l'Argentera, 17, Pral.
    08003 Barcelona

Impreso por: EGEDSA
Rois de Corella, 12-16, nave 1
08205 Sabadell (Barcelona)

ISBN: 978-84-15235-28-6
Depósito legal: B-33209-2011